AF321282

AVCVNS
SONNETS

SVR

Ce qui s'eſt paſſé pendant la teneure des Eſtats aſſemblés à Paris.

PAR

Le Sᴿ Marquis de la Ferté. &c.

DV XXV. DE IANVIER,

M. DC. XV.

Au Magnifique Seigneur,

LE Sr ZERBIN D'EL POPOLO,

GENTIL-HOMME VENITIAN,

estant à present

A PARIS.

Zerbin, tu m'as escrit, sur cés diuers debats
Du Conseil, du Senat, des ordres dés Estats.
Certes, ie meurs d'ennuy, ayant veu ta missiue:
Encores, (qui pis est) tu veux que ie t'escriue.
Ta responce, sera en ces Sonnets suiuans,
Qui vont vers mes amis mon regret tesmoignans,
Quand ie voy tant de gens contrefaire les sages,
Et de l'eage du Roy, tirer des aduantages.
Dessous Henry le grand, soupples on les voyoit,
Deuant sa Majesté chascun d'eux fleschissoit.
Ores, de son deceds ils ont prins hardiesse.
O ! qu'vne seulle mort nous donne de tristesse !

SONNET PREMIER.

Le Marquis de la Ferté.

QVe ie deuinay bien, quand ie fis le refus,
(Bien que fuſſe nommé) d'aller en l'aſſemblée
Des Eſtats du Royaume, à Paris conuoquée,
Pour dire mon aduis entre les aultres eſlus.

Mon eſprit plein de paix, ſe fuſt trouué confus:
Mon ame Catholique y euſt eſté gehennée :
Ma libre volonté y euſt eſté forcée :
Et mes ſens eſtonnés, euſſent eſté perdus.

I'euſſe veu tant de gens l'Egliſe renoncer,
I'euſſe veu la nobleſſe ; entredeux balancer,
Et ceux du tiers Eſtat, ſe meſler de l'Egliſe.

I'euſſe veu des meſchans vn perilleux eſclat,
I'euſſe veu ſuborner les gens du tiers eſtat:
Et ſur tout, le Senat, qui ſon prince meſpriſe.

A ij

I I.

A Messieurs du Parlement.

DE l'Eglise, du Roy, des Estats, de la France
L'authorité, l'honneur, la liberté, la paix,
Oster, quitter, rauir, troubler, ce sont vos faicts
Par desdain, par mespris, par force, & par
oultrance.

Vous ostés à l'Eglise en desdain sa puissance:
Vous quittés le respect du Roy en ses arrests:
Vous forcés les Estats les tirant en vos rets:
Et le repos public vous troublés par vengeance.

O France ! ô les Estats! ô le Roy! ô l'Eglise!
Où est ce doux repos, où est ceste franchise?
Où est l'obeïssance & respect de la Foy,
                                        (ne?
Qu'auoit tousiours mõstré ceste Cour souerai-
Las ! ceste-cy s'oppose en façon trop haulteine,
A la France, aux Estats, à l'Eglise, & au Roy.

III.

Aufdits Seigneurs, & à Mef-fieurs les gens du Roy.

OV fera def-ormais, le repos de l'Eglife?
Le feruiable hōneur, l'obeïffance au Roy?
Ou fera def-ormais, noftre France à requoy?
Qui pourroit efperer des Eftats la franchife?

Puis que l'on voit la Cour, qui fon prince
    mefprife,
Puis qu'on voit refufer d'obeïr à fa loy.
Puis qu'on voit fon Parquet, peu cōcordāt en foy,
Et en fon Aduocat l'erreur qui le maiftrife.

Où font les defenfeurs de la foy Catholique?
Où font les Aduocats de la chofe publique?
Où font cés Magiftri, cés Seguiers, ces Pybracs?

Où font cés vieux tribuns, qui ont ferui
    nos princes,
Propres à maintenir en repos nos prouinces?
Où font cés Sainct-Romain, cés Bourdins, cés
    Brularts?

A iij

IV.

A Meſsieurs les gens du Roy au Parquet.

ZErbin, tu m'as eſcrit un triſte chan-
      gement !
N'eſt-ce pas la couſtume en toutes aſſemblées,
De reſoudre un afaire, apres les voix contées?
Pourquoy(donc)au Parquet en eſt il autrement?

Eſt-ce que par efét on cognoiſt maintenant
Que les plus violans, vont les teſtes leuées
Forceant le plus modeſte? Ou bien que meſpriſées
Sont les opinions du plus ſage & conſtant ?

Miſerable ſaiſon ! fault-il pour aſſeurer
L'Eſtat independant du Roy, & le garder,
Ignorant ! meſpriſer du Pape la puiſſance ?

Tu diras à Meſſieurs, qui tiennent le Parquet,
Qu'ils empeſchent le mal, qu'un ſeul d'entre-eux
      commet.
Qui conniue au peché, il a part à l'offence.

V.

A Messieurs des Estats.

Gardés vous bien (Messieurs) des maximes
    nouuelles.
La saincte penitence entiere conseruės:
Et l'espouse de Christ, soubz l'estat ne mettés,
Sauf pour la proteger par peines corporelles.

Ne nous mettés pas tous en lignes paralelles
Auec le huguenot. La puissance soufrés
Du vicaire de Christ. Et du Roy maintenés
L'independant pouuoir, ez choses temporelles.

Les ennemis de Dieu hayssons à iamais:
Auecque nos voisins, viuons tousiours en paix.
Se mesler de l'autruy, est vne chose vaine.

Pour biẽ seruir à Dieu, il fault tout desployer.
Pour bien seruir le Roy, il fault tout employer.
L'honneur n'est plus honneur s'il est acquis sans
    peine.

A iiij

VI.

A Messieurs de la chambre de l'Eglise.

POurce, ie parle à vous sainct & sacré
    troupeau,
Conseruès le depost, que vous auès en garde:
Soustenés les huict points contre la gent agarde,
Qui despouille l'Eglise, en ce qu'elle a de beau.

    Ne touchés pas pourtãt, au souuerain coupeau
De nostre Royauté, qui esclatante darde,
Ses rays en tous les lieux, que le Soleil regarde,
Et sur le continent enuironné de l'eau.

    Requerés, qu'au desordre, ou l'Eglise lamente,
On cherche le remede au Concille de Trente.
Resistés vaillamment à ce que le meschant veult.

    Gardés l'honneur de Dieu, du Roy, & de
    l'Eglise:
La nostre Gallicane en son humble franchise:
Nul n'a faict ce qu'il doit, s'il n'a faict ce qu'il
    peult.

VII.

A Meſsieurs de la chambre de la Nobleſſe.

Et vous braues guerriers, ancienne no-
bleſſe,
Souuenés vous touſiours, quels eſtoyent nos ayeux.
L'heretique ils ont fuy, comme ſeditieux.
Ils eſtoient de l'eſtat la ſeure fortereſſe.

Pour la religion, ne prenés autre adreſſe
Que celle des Prélats. Ils vous cõduiront mieux
Que ceux de la Iuſtice. Et puis, leués les yeux
Vers ce ſacré Soleil, qui luiſt en ſa ieuneſſe.

Ne croyés point ceux là, qui pour vous abuſer,
Voudroyent bien cét Eſtat à l'Egliſe oppoſer.
En leur commun ſupport, conſiſte voſtre gloire.

Recognoiſſant le pere en ſon authorité,
Vous ſouſtiendrés du filz la ſacrée majeſté.
A la fin du combat, ſe trouue la victoire.

VIII.

A Messieurs de la chambre du tiers estat.

LE Roy, tient de Dieu seul son sceptre
    & sa couronne.
Ce point est veritable, & pour tel ie le croy :
En matiere d'estat, c'est article de foy :
De céte monarchie vne ferme colomne.

Il ne fault pas pourtant, que liberté se donne
Vn ordre des Estats, pour en faire vne loy.
Il nous la fault attendre, & de Dieu, & du Roy :
Puis qu'il l'a retenuë à sa propre personne.

Plaignés vous des abus, parlés des iniustices,
Ostés ceste Paulette, & vente des offices,
Souspirés soubz le mal, qui de plus prés vous
    point.

Parlés de tant d'escris, plaignés vous de
    la taille,
L'vsure supprimés, qui le peuple trauaille :
On ne se doit mesler de ce qu'on ne sçait point.

I X.

Sur ce qu'on a escrit contre la reception du Concille de Trente.

Ntre tous cés escris, que l'on a faict courir.
Vous m'aués enuoyé comme chose nouuelle,
Vn efect de ceux-là, qui ont cherché querelle,
Pour le bien de l'Estat (s'ils pouuoient) diuertir.

C'est vn liure indiscret, ou Forbin prĕd plaisir,
De blasmer le Concille, en impudence telle
Qu'il se mõstre en vn mot, vn home sans ceruelle,
Que toute l'Antycire onc ne pourra guarir.

C'est l'escrit d'vn suppost de l'Eglise inuisible,
C'est le debille effort, d'vn esprit imbecille.
Preparés l'autre cuing, pour loger ce marmot.

Que ne vomist la bouche emplie de blasphéme!
Pour ce ie ne respons, à sa sotise extréme.
Ie piquerois Faquin, lequel ne respond mot.

Continuation de la missiue precedente.

Zerbin, ne pense pas, que ce que i'ay escrit,
Soit ou par mesdisance, ou par quelque despit.
Ie ne mesdis iamais, que contre la malice,
Et de rien n'ay despit, que voir regner le vice.
Ie ne veux controller les affaires d'estat.
Ie ne veux ofencer le sage magistrat.
I'honore ces grans corps, establis par nos princes,
Et tous les Magistrats, qui sont en nos prouinces.
Ie sçay, qu'il plaist au Roy, sur nous les establir,
Pour en tranquilité ses subjets maintenir.
Mais, ie ne puis soufrir, qu'on contemne l'Eglise:
Ie ne puis endurer, que le Roy on mesprise.
Ie ne puis voir changer de l'Eglise les loix,
Ni mettre soubz le pied, les Arrests de nos Rois.
Ie ne puis supporter vn perdu Caluiniste :
Ou la presumption, d'vn brutal Martiniste.
Ie ne puis voir aussi, de la foy se mesler
Vn homme du palais, ou l'Eglise regler.
Ie ne puis supporter ceste extréme misere,

De voir un Aduocat mutiller le myſtere
De Saincte penitence. O irreligion !
D'abolir le ſecret de la confeſſion.
Ie ne puis voir brauer, un miſerable Athée
Ni aymer tant de gens, leſquels comme Prothée
Changent de iour en iour. Ie hay la faction
De cés hommes meſchans, & leur ambition.
Ie ne puis voir blaſmer comme choſe inutille,
De l'Egliſe de Dieu le general Concille;
Ni croire, que pour n'eſtre en la France recu
On le doiue appeller, Concille pretendu.
C'eſt trop ſymboliſer auecque l'heretique.
S'il faict quelq intereſt, au train de la practique,
Ou aux droicts du Royaume, on le peult expliquer :
Sans ſon authorité en doubte reuoquer.
Et voir continuer ces damnables commandes,
Cés femmes, cés purs laics, qui mãgẽt les ofrãdes,
Ceſte non-reſidence, & cés forcés induls,
Ceſte orde Simonie, & tant d'aultres abus.
Ie ne puis voir, troubler le repos de la France,
Diſant, qu'on veult brider du Pape la puiſſance.
Ie ne puis voir d'aucuns l'extréme paſſion,
Menaceant les Prelats d'une information :

Pour auoir maintenu, en Chrestienne franchise;
Le souuerain pouuoir & l'honneur de l'Eglise.
Ie ne puis voir, la Lune estre sur le Soleil;
Et la terre aussi peu colloquer sur le ciel.
Aussi peu ie pourois, voir le berger souf-mettre,
Au troupeau de brebis, qu'aux champs il meine
          paistre.
Ie ne puis voir les eaus contre-mont rebrousser,
Ou vn simple varlet au maistre commander.
Tout ordre renuerser: Et ce que l'on deteste,
Mettre les pieds en hault & marcher sur la teste.
Ie ne puis voir, le filz son pere deuancer,
Ny vn homme pur lay le Pape mespriser,
S'il est filz de l'Eglise.   Et ce qui est de pire,
Son absolu pouuoir soubz vn Arrest reduire.
I'ay regret, quand on dist, que ce grãd Parlemẽt,
Se laisse par meschef conduire indignement,
Par vn Lutherien, vn fol de Caluiniste,
Et se mettre entre pied vn meschant Atheiste.
Combien impudemment sur Moyse & Aaron,
S'esleuent cés Coré, Dathan, & Abyron ?
C'est imiter l'orgueil de cét Ange superbe,
Qui voulust estre Dieu, & s'egaller au verbe.

C'eſt ſuiure le ſourcil du Negromant Simon,
Ce meſchant enchanteur, que du temps de Neron,
Le ſouuerain paſteur, & Apoſtre Sainct Pierre
Au nom de Ieſus-Chriſt fiſt trebucher en terre.
Mais ie m'eſtonne fort, quand ie voy tãt de gens,
Qui vont de tous ceux-là, les actes imitans,
Sans auoir peur ny ſoin, de céte fin pareille,
Qui va les engloutir dans la mort eternelle.
Dits à tous ceux qui ſont d'vne aultre opinion,
Que Dieu vomiſt le tiéde en la religion.
Que la religion n'eſt pas indiferente: (te.
Qu'elle eſt ſeulle en ſoy-meſme, & iamais diferẽ-
Que la vouloir regler par maximes d'eſtat
C'eſt à l'eſtat donner enſemble eſchec & mat.
Pour moy, tant que mon Dieu me tiendra ſoubz
          ſon aiſle,
Et à luy & au Roy, ie veux eſtre fidelle.
Quant à vous ie ſeray en toute humilité
A touſiours voſtre,

                    LOVYS DE LA FERTE'.